Les pierres
qui brûlent, qui brillent,
qui bavardent

Dans la même collection :

Les Chouettes, quelle famille !, Anne Möller, 2007
Les plantes qui puent, qui pètent, qui piquent, Lionel Hignard et Alain Pontoppidan, 2008
Les bêtes qui crachent, qui collent, qui croquent à la mer, Jean-Baptiste de Panafieu, 2009
Les bêtes qui pincent, qui pissent, qui percent à la campagne, Sophie Fauvette, 2009
Les Insectes, d'ingénieux bâtisseurs, Anne Möller, 2010 (nouvelle édition)
Les Graines, de grandes voyageuses, Anne Möller, 2010 (nouvelle édition)
Humanimal, notre zoo intérieur, Jean-Baptiste de Panafieu, 2010
Les bêtes qui sautent, qui sifflent, qui s'éclipsent à la montagne, Sophie Fauvette, 2010
Les bêtes qui rôdent, qui rongent, qui rampent à la ville, Jean-Baptiste de Panafieu, 2011

Du même auteur :

Les Cinq Saisons d'Ys, Terre de Brume, 2007
Exoplanète (Intelligences I), Terre de Brume, 2009
Antarctique (Intelligences II), Terre de Brume, 2010
Sanglante Comédie, Gulf Stream Éditeur, 2011
Les Profanateurs, Gulf Stream Éditeur, 2012
Karl (Trilogie noire I), L'Archipel, 2012

De la même illustratrice :

Panique organique, Éditions Sarbacane, 2007
La Vie des très bêtes, tome 1, Éditions Bayard Jeunesse, 2008
La Vie des très bêtes, tome 2, Éditions Bayard Jeunesse, 2010
Les bêtes qui rôdent, qui rongent, qui rampent à la ville, Gulf Stream Éditeur, 2011
Tu mourras moins bête, tome 1, Ankama, 2011
Tu mourras moins bête, tome 2, Ankama, 2012

www.gulfstream.fr
ISBN : 978-2-35488-163-4
Loi 49-956 du 16 juillet 1949 sur les publications destinées à la jeunesse

Dame **nature**

Textes de
Martial Caroff

Les pierres
qui brûlent, qui brillent,
qui bavardent

Illustrations de Marion Montaigne
et Matthieu Rotteleur

Gulf Stream Éditeur

Introduction

Les pierres, qu'est-ce que c'est ? Des minéraux ? Des roches ? Les deux ? Si on les définit en tant que corps solides naturels sans vie, que doit-on alors penser du pétrole et du gaz ? Et pourquoi certaines pierres ont-elles des formes de plantes ou d'animaux ? Auraient-elles été vivantes dans le passé ? Et comment se sont-elles formées ? Quel âge ont-elles ?

Parmi les êtres et les objets naturels qui nous entourent, il n'y a pas plus ordinaire que les pierres. On n'y prête pas attention, sauf lorsqu'elles ont un habit étincelant. Ce sont pourtant souvent celles qui brillent le moins qui ont le plus d'histoires à raconter. Car, quand on prend le temps de l'écouter, le caillou banal dans lequel on shoote pour se calmer les nerfs, qu'est-ce qu'il peut être bavard ! Et savant ! Il ne raconte rien de moins que l'histoire de la Terre et celle de la vie !

Voici un livre pour découvrir les secrets des pierres, des plus rebutantes aux plus belles, des plus communes aux plus extraordinaires. Si à la lecture tu croises quelques mots qui te paraissent un peu compliqués, pas de panique ! Mets-les dans un coin, ils te serviront plus tard ! Les 8 parties de cet ouvrage te permettront d'aborder quelques-uns des fascinants mystères de notre planète. Des montagnes calcaires des Alpes aux îles granitiques de Bretagne, des hautes falaises de craie de Normandie aux volcans basaltiques d'Auvergne, les pierres font partie intégrante de notre patrimoine naturel. Apprends à les connaître pour mieux le respecter !

Sommaire

Les pierres qui brûlent

Les pierres qui brûlent, ce sont les roches magmatiques. Elles bavent et elles en bavent avant de se figer. Elles sont issues des profondeurs du globe, mais pas d'un cœur liquide, comme on l'imagine parfois. Volcaniques ou plutoniques, vitreuses, bulleuses ou en grains, elles soignent leur apparence !

Les coulées basaltiques

Quand il est pauvre en gaz, le liquide magmatique (ou magma) s'épanche d'un volcan sous la forme d'une coulée de lave. Celle-ci s'écoule d'abord rapidement, à une température de 1100 °C, puis ralentit en refroidissant. En se solidifiant, la coulée forme des prismes – ou orgues – verticaux. Le basalte est une roche sombre à grains fins.

Orgues basaltiques de Chilhac (43)
Âge : 1,6 million d'années

x 1

Basalte à cristaux blancs de feldspath,
Banne d'Ordanche (63)
Âge : 2,5 millions d'années

Où les trouve-t-on ?

En France, on peut voir des coulées récentes (fin de l'ère tertiaire et début de l'ère quaternaire) dans le Massif central, à Mayotte (Comores) et en Polynésie française ; actuelles aux Antilles et à la Réunion. En Europe, il y a du volcanisme récent ou actuel en Espagne continentale et aux Canaries, en Allemagne, aux Açores (Portugal), en Grèce, en Italie et en Islande.

◄ Un peu de science

Le plancher océanique est constitué de basaltes. Ces roches se forment au fond des mers au niveau de longues chaînes de volcans qu'on appelle les dorsales, puis s'en éloignent de plusieurs centimètres par an, entraînées par les mouvements des plaques. Il existe sur le globe d'autres laves que les basaltes. Certaines sont tellement visqueuses qu'elles ne s'écoulent pas et se mettent en place sous la forme de pitons rocheux. On parle de dômes ou d'aiguilles. Ces laves sont plus riches en silice que les basaltes et de couleur plus claire.

La petite histoire ►

À la suite d'un voyage en Auvergne en 1763, Nicolas Desmarest fut le premier à comprendre que les basaltes avaient une origine volcanique. Il exposa ses idées dans l'*Encyclopédie* de Diderot. Cette découverte attisa la polémique entre les Neptuniens, des savants de l'époque qui estimaient que l'eau était la cause de toutes les transformations géologiques, et les Plutoniens, qui eux attribuaient un rôle primordial aux événements volcaniques.

Le saviez-vous ?

Le 23 janvier 1973, un nouveau volcan, l'Eldfell, apparut soudain sur la petite île islandaise d'Heimaey. Le port menaçant d'être obstrué par une arrivée de lave basaltique, on eut l'idée de pomper de l'eau de mer pour arroser en continu le front de la coulée et bloquer sa progression en la refroidissant. Le port fut sauvé grâce au déversement de 6 millions de mètres cubes d'eau durant 3 semaines. L'île a été agrandie par l'éruption.

Les nuées ardentes

Les nuées ardentes sont des produits d'éruptions explosives **composés de gaz, de magma et de blocs**, portés à des températures supérieures à 200 °C. Elles dévalent les flancs des volcans à des vitesses comprises entre 200 et 650 kilomètres par heure. **Les nuées peuvent parcourir des dizaines de kilomètres** et transporter des rochers de grande taille.

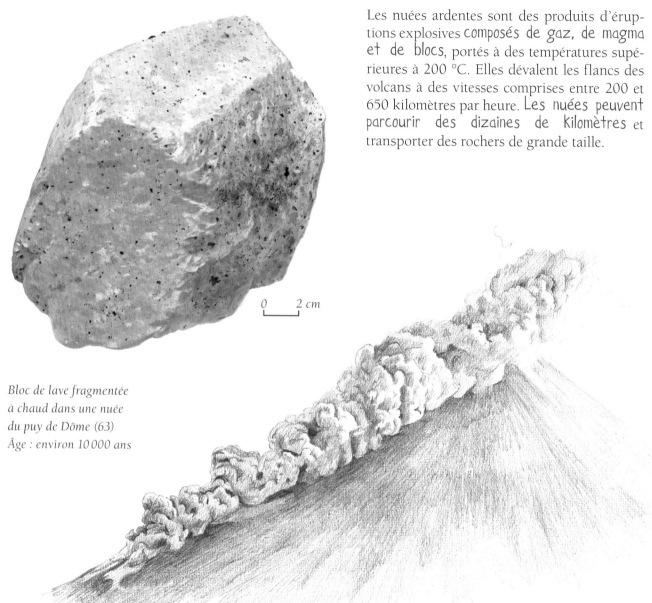

0   2 cm

Bloc de lave fragmentée à chaud dans une nuée du puy de Dôme (63)
Âge : environ 10 000 ans

Nuée ardente du Mérapi, Java, mai 2006

Où les trouve-t-on ?

Principalement dans la ceinture de feu du Pacifique (Japon, Indonésie, Philippines, Andes) et dans les Antilles.
En France métropolitaine, il y a des dépôts récents de nuées ardentes dans le Massif central.

◄ Un peu de science

Les nuées ardentes apparaissent lorsque l'orifice d'un volcan est bouché par une aiguille de lave visqueuse solidifiée. Le gaz s'accumule alors à la base, ce qui peut provoquer une explosion au niveau du flanc de l'édifice. Les nuées ardentes transportent des masses considérables de matériaux rocheux, depuis des cendres jusqu'à des blocs de plusieurs mètres. Certaines nuées ont une puissance telle qu'elles peuvent remonter des pentes.

La petite histoire ►

Endormie depuis longtemps, la montagne Pelée en Martinique reprit soudain son activité le 25 avril 1902. De nombreuses alertes volcaniques eurent lieu les jours suivants, poussant les habitants des villages à se réfugier dans la ville de Saint-Pierre. Le 8 mai, une nuée ardente dévala la pente du volcan et ravagea la cité. Il y eut environ 30 000 morts et seulement 3 miraculés, dont un prisonnier protégé par l'épaisseur des murs de son cachot.

Le saviez-vous ?

La chaîne des Puys dans le Massif central a connu une intense activité volcanique entre 7 000 et 5 500 ans av. J.-C. Durant cette période, de nombreuses nuées ardentes modifièrent considérablement le paysage et ravagèrent le couvert végétal. Or, les préhistoriens notent l'absence de traces d'activité humaine à cette époque dans la région. Les hommes auraient-ils donc déserté les plaines d'Auvergne, chassés par les nuées ardentes ?

Les retombées d'éruptions pliniennes

À la différence des nuées ardentes, les éruptions pliniennes se caractérisent par de violentes explosions à cratères ouverts. Elles projettent un gigantesque panache de cendres et de ponces à des altitudes pouvant dépasser les 20 kilomètres.

x 1

Ponce de Valles Caldera, Nouveau Mexique
Âge : environ 50 000 ans

L'éruption du Vésuve d'août 1779 d'après une peinture de l'époque

Où les trouve-t-on ?

Ce type de volcanisme se rencontre essentiellement au niveau des frontières de plaques tectoniques, là où la croûte océanique plonge dans le manteau : ceinture de feu du Pacifique (Japon, Indonésie, Philippines, Andes), Antilles ou Vésuve en Italie. Un même volcan peut avoir une activité plinienne et produire des nuées ardentes.

◄ Un peu de science

Les éruptions pliniennes sont les cataclysmes volcaniques les plus violents. Ils caractérisent les « volcans gris », qui produisent des laves trop visqueuses pour donner des coulées comme les « volcans rouges » (couleur des basaltes liquides). Comme la lave a du mal à s'écouler, le gaz formé lors de la remontée du magma se concentre dans la cheminée volcanique jusqu'à provoquer une explosion. Les ponces produites par ces volcans sont des roches très bulleuses qui flottent.

La petite histoire ►

« Le 9 avant les calendes de septembre, aux environs de la septième heure, ma mère signale l'apparition d'un nuage extraordinaire par sa grandeur et son aspect… » C'est par ces mots que Pline le Jeune (61-114), dans une lettre adressée à son ami Tacite, commence sa description de l'éruption du Vésuve de 79 ap. J.-C. Cette catastrophe coûtera la vie à son oncle, le naturaliste Pline l'Ancien, et causera la destruction de Pompéi. De là vient le terme *plinien*.

Le saviez-vous ?

L'éruption du volcan indonésien Tambora en 1815 eut pour conséquence un refroidissement global de plusieurs mois. Durant l'été 1816, la météo dégradée obligea les poètes Georges Byron et Percy Shelley, ainsi que la très jeune épouse de ce dernier, Mary, à rester au coin du feu dans leur chalet suisse. Pour passer le temps, ils firent un concours littéraire. Seule Mary alla jusqu'au bout du projet. Elle écrivit un chef-d'œuvre : *Frankenstein* !

Les granites

Chaos granitique des Pierres Jaumâtres (23)

Schéma de formation d'un chaos
En vert : altération du granite par les
eaux circulant dans les fractures

Les magmas granitiques se solidifient à plusieurs kilomètres de profondeur pour donner naissance à des masses kilométriques, les plutons. Les roches qui les constituent sont dites plutoniques. On peut les voir en surface grâce à l'érosion. C'est elle aussi qui façonne les boules des chaos. Le granite est une roche claire à gros grains, contenant du feldspath, du quartz et du mica.

0   1,5 cm

Granite de l'Aber-Ildut (29) à grands feldspaths roses
Âge : 300 millions d'années

Où les trouve-t-on ?

Dans les anciennes chaînes de montagne de l'ère primaire, que l'on appelle massifs hercyniens. En France, on en trouve dans les Vosges cristallines, le Massif central (sous les volcans), le Massif armoricain, la Corse méridionale, les massifs cristallins des Alpes et la zone centrale des Pyrénées. À noter la présence de granites plus récents (tertiaires) en Italie et dans les Balkans.

Pluton posant dans sa superbe cuisine tout en granite

◄ Un peu de science

Certains granites se forment en profondeur par fusion locale de la croûte continentale. Les autres types de magmas – granitiques ou non – résultent de la fusion partielle du manteau terrestre, suivie d'une évolution chimique dans un réservoir profond d'où ils sont finalement expulsés pour se mettre en place sous la forme de plutons ou de laves. Chaque roche plutonique a un équivalent volcanique.

La petite histoire ►

Le granite breton de l'Aber-Ildut eut son heure de gloire sous Louis-Philippe. En 1830, le vice-roi d'Égypte Méhémet-Ali fit à la France un cadeau de poids : l'un des obélisques du temple de Louxor, daté du XIIIe siècle av. J.-C., haut de 23 mètres et pesant 230 tonnes. On choisit de l'édifier place de la Concorde à Paris sur un socle taillé dans le granite de l'Aber-Ildut, similaire à celui de l'obélisque et d'une résistance à toute épreuve.

Le saviez-vous ?

Le granite – ou granit – est l'une des pierres de construction les plus utilisées dans le monde. Les premiers Européens s'en sont servis pour faire des menhirs, les Romains pour paver leurs routes, les Chinois pour édifier certaines portions de la Grande Muraille. L'érection à 2 400 mètres d'altitude de la ville de Machu Picchu par les Incas du Pérou a exigé de leur part des efforts inimaginables pour transporter des milliers de blocs de granite depuis de lointaines carrières.

Les pierres
qui paressent

Les pierres qui paressent, ce sont les roches sédimentaires. Elles se forment à la surface de la Terre et se couchent dans des lits. Elles résultent du dépôt dans un bassin, puis de la consolidation de particules chimiques, de sable, de galets ou de fragments de coquilles transportés par le vent, les fleuves ou la mer.

Les grès et les argilites

Les grès sont des roches sédimentaires formées par l'accumulation (sédimentation), puis la cimentation de grains de sable, essentiellement du quartz, transportés par l'eau. Les argilites sont des roches à texture très fine, composées d'argile (qui est un minéral) et de mica.

x 1

Grès rouge des Vosges
Trias

x 1

Argilite de Passy (74)
Jurassique

Où les trouve-t-on ?

Dans les séries sédimentaires non calcaires. On observe de très beaux grès rouges dans le Trias au nord des Vosges. Cette région est d'ailleurs appelée Vosges gréseuses pour la distinguer des Vosges cristallines plus au sud, constituées de roches plutoniques.

◄ Un peu de science

Les dépôts successifs de sable se retrouvent dans la structure des grès : ils forment les couches ou les lits. Entre les grains, il y a un ciment de nature variable. Si les grains sont peu soudés, le grès est poreux et peut se gorger de liquide pour constituer un réservoir d'eau ou de pétrole. Les argilites résultent de la consolidation de boues argileuses. Elles se présentent généralement sous la forme d'un empilement de feuillets fins.

La petite histoire ►

« Prodige du gigantesque et du délicat ! » C'est par ces mots que Victor Hugo célébrait la cathédrale de Strasbourg. Avec sa tour de 141 mètres de haut, achevée en 1439, ce fut longtemps l'édifice le plus haut du monde. Le monument est construit en grès des Vosges, qui donne à la façade son étonnante teinte rose. Mais la pierre est fragile. Elle est rongée par la pollution. Les blocs malades sont systématiquement remplacés par une variété de grès plus résistante.

Le saviez-vous ?

Dans la tradition juive, le Golem est un être artificiel à forme humaine façonné en argile rouge. Pour lui donner vie, il faut graver sur son front le mot *emet* (vérité en hébreu). Pour le tuer, il suffit d'effacer la première lettre, transformant ainsi le nom en *met*, qui signifie mort. Mais attention ! Si le mot *emet* n'est pas modifié à temps, la créature grandit et le front devient inaccessible. Le Golem peut alors provoquer les pires catastrophes !

Les calcaires

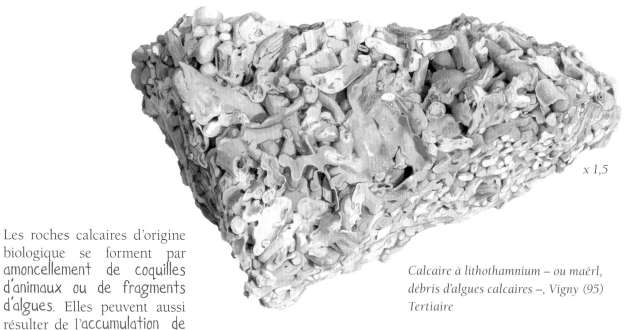

Calcaire à lithothamnium – ou maërl, débris d'algues calcaires –, Vigny (95) Tertiaire

x 1,5

Les roches calcaires d'origine biologique se forment par amoncellement de coquilles d'animaux ou de fragments d'algues. Elles peuvent aussi résulter de l'accumulation de petites sphères d'origine chimique, les oolithes.

x 1,5

Calcaire à oolithes, Arc-en-Barrois (52) Jurassique

Où les trouve-t-on ?

Essentiellement dans les grands bassins sédimentaires des ères secondaire et tertiaire (en France, les bassins d'Aquitaine et de Paris) et dans les chaînes de montagne récentes (les Alpes, les Pyrénées, le Jura et le nord-est de la Corse). Les deux échantillons dessinés proviennent du Bassin parisien.

◄ Un peu de science

Le principal minéral constitutif des calcaires est la calcite. Quand ils contiennent une quantité significative d'argile, on parle de marnes. Les roches calcaires se forment par dépôt de produits d'érosion, par précipitation chimique de calcite dans l'eau ou par sédimentation de coquilles ou autres particules d'origine biologique. Le chauffage du calcaire à 900 °C donne de la chaux, utilisée dans le bâtiment.

La petite histoire ►

Les eaux de surface acides dissolvent partiellement le calcaire, ce qui peut provoquer la formation de grottes. Par la suite, des eaux de circulation y déposent par écoulement des concrétions de calcite : ce sont les stalactites et les stalagmites. Les hommes préhistoriques ont décoré ces cavernes – depuis plus de 35 000 ans – en utilisant du charbon de bois ou de l'oxyde de manganèse noir, ainsi qu'une argile brune ou rouge : l'ocre.

Le saviez-vous ?

Les plus beaux monuments de Paris – dont la cathédrale Notre-Dame – sont construits en calcaire grossier, extrait depuis deux millénaires du sous-sol de la capitale. C'est une roche très riche en fossiles : on peut voir des coquilles dans les murs des édifices (mais ne pas casser !). Les carrières d'exploitation de ce calcaire ont donné naissance au réseau de galeries qu'on appelle les catacombes de Paris, au sud de la Seine.

La craie

« L'arche » et « l'aiguille » d'Étretat (76)
Crétacé

Échantillon de craie de Meudon (92)
Crétacé

x 1,5

Coccolithophoridé

x 10 000

La craie est une roche calcaire, formant par exemple les célèbres falaises d'Étretat. C'est une pierre blanche poudreuse, constituée par une accumulation de petites structures en forme de bouclier, les coccolithes, recouvrant une algue sphérique microscopique, le coccolithophoridé.

Où la trouve-t-on ?

Là où il y a des terrains crétacés, puisque la craie est la roche dominante de cette période (d'où le nom). En France, la craie est essentiellement cantonnée au Bassin parisien. On la rencontre aussi en Angleterre – dans le bassin de Londres – et au Danemark.

◄ Un peu de science

La craie se forme par sédimentation dans des bassins marins entre 100 et 300 mètres de profondeur. Les coccolithes sont faiblement cimentées, ce qui rend la craie friable et poreuse. Les couches peuvent donc constituer d'excellents réservoirs d'eau souterraine. Ainsi, l'immense *nappe de la craie* alimente en eau le quart nord de la France et une partie de la Belgique. Cette roche contient souvent des rognons de silice, appelés silex.

La petite histoire ►

« Une forteresse ignorée, plus haute que les tours de Notre-Dame et construite sur une base de granit plus large qu'une place publique. » C'est ainsi que Maurice Leblanc décrivait le fameux piton crayeux d'Étretat dans son roman *L'Aiguille creuse* (1909), en confondant granite et calcaire. Une cavité dans le rocher aurait renfermé le fabuleux trésor des rois de France ! Un autre auteur célèbre, Guy de Maupassant, comparait l'arche voisine à un éléphant plongeant sa trompe dans l'eau.

Le saviez-vous ?

Les bâtons de craie sont-ils en craie rocheuse ? Pas toujours ! Beaucoup de craies d'école actuelles sont en plâtre, c'est-à-dire... en gypse ! Mais durant une grande partie du XXe siècle, les bâtons étaient fabriqués à partir de craie naturelle brute ou reconstituée. Cependant, calcaire ou gypse, les bâtons de craie disparaissent peu à peu des écoles, remplacés par du matériel numérique. Adieu le doux crissement sur le tableau vert !

Le gypse et le sel

Gypse en « fer de lance »,
Cormeilles-en-Parisis (95)

x 1,5

Le gypse et le sel gemme sont des minéraux d'évaporites, c'est-à-dire de roches qui se forment par cristallisation dans des bassins marins ou des lacs soumis à une intense évaporation. Le gypse a généralement des formes géométriques complexes, tandis que le sel gemme – ou halite – se présente en cristaux cubiques.

Halite, Wieliczka, Pologne

x 3

Où les trouve-t-on ?

Les évaporites se trouvent en grande quantité dans le Trias supérieur (Vosges et Alpes), ainsi que dans les terrains tertiaires du Bassin parisien, du fossé rhénan et de la Méditerranée. Il se forme de nos jours du sel dans les marais salants. Les eaux de la mer Morte (Israël-Jordanie), dont la surface située à près de 420 mètres sous le niveau de la mer baisse de un mètre par an, sont tellement salées que seuls des organismes microscopiques peuvent y vivre.

Un peu de science

Les évaporites se forment dans des lacs salés en région aride ou dans des lagunes côtières. Le gypse (sulfate de calcium) apparaît lorsque l'eau de mer s'est évaporée à 70 % tandis que l'halite (chlorure de sodium) cristallise à 90 % d'évaporation. Les couches profondes d'évaporites anciennes étant généralement plus légères que les roches environnantes, il arrive qu'elles remontent et les traversent à la manière d'un piston.

La petite histoire ▶

Le sel comestible, utilisé aussi pour la conservation des aliments, peut être extrait directement des mines (sel gemme ou fossile) ou être obtenu par évaporation d'eau de mer. Le sel a toujours été une denrée précieuse. Le mot salaire (du latin *salarium* : « solde ») vient de ce que les légionnaires recevaient, sous la république romaine, une partie de leur rémunération sous forme de sel. Il y a eu jusqu'en 1945 en France un impôt spécifique sur le sel : la gabelle.

Le saviez-vous ?

Une fois broyé, cuit à 150 °C, puis mélangé à différents produits, le gypse devient du plâtre. Les hommes l'ont utilisé depuis la plus haute Antiquité, mais ce sont les Romains qui les premiers en firent un usage intensif. Ils s'en servaient pour les enduits et la sculpture. D'après Pline l'Ancien (23-79), certains fruits étaient badigeonnés de plâtre pour améliorer leur conservation et il arrivait même qu'on en ajoute dans le vin pour l'adoucir.

Les pierres
qui se tourmentent

Les pierres qui se tourmentent, ce sont les roches métamorphiques. Elles naissent au cœur des montagnes, lorsque
celles-ci se plissent. Ce sont d'anciennes roches magmatiques
ou sédimentaires déformées et recristallisées. Il faut que la
montagne s'érode pour qu'on puisse les découvrir.

Les roches plissées

Les mouvements tectoniques affectant la croûte terrestre peuvent plisser les roches sédimentaires formées à l'horizontale. C'est le cas par exemple de l'alternance de grès et d'argilites compressée de la région de Morlaix. Dans les schistes bleus de l'île de Groix, les plis sont différents. La roche est un basalte recristallisé qui a subi un très important serrage à grande profondeur.

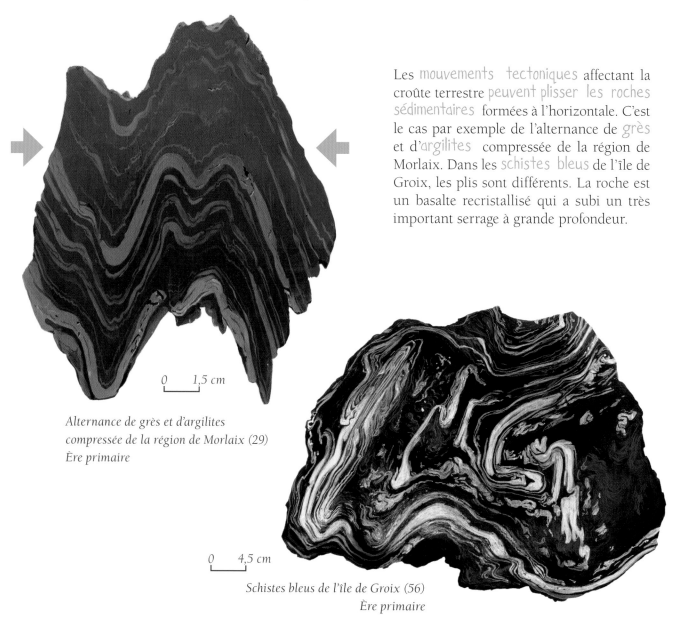

0   1,5 cm

*Alternance de grès et d'argilites
compressée de la région de Morlaix (29)
Ère primaire*

0   4,5 cm

*Schistes bleus de l'île de Groix (56)
Ère primaire*

Où les trouve-t-on ?

Dans les zones montagneuses récentes (Alpes, Jura, Pyrénées, Corse du Nord) ou anciennes (en France : Massif armoricain, Massif central, Vosges, Ardennes, Corse du Sud).

◀ Un peu de science

La zone du pli où la courbure est maximale s'appelle la charnière. À l'inverse, les flancs sont les endroits où la courbure est minimale, de part et d'autre de la charnière. Les plis ont une taille extrêmement variable, de quelques millimètres à plusieurs dizaines de kilomètres. Les grands plis avec la charnière en bas sont des synclinaux et ceux avec la charnière en haut sont des anticlinaux.

La petite histoire ▶

Le savant suisse Horace-Bénédict de Saussure (1740-1799) fut un pionnier de l'alpinisme et de l'étude scientifique des Alpes. Curieux de tout, il a inventé l'ancêtre des panneaux solaires et a financé les travaux des frères Montgolfier sur leur ballon. Dans le domaine de la

géologie, Saussure comprit dès 1774 que les roches sédimentaires pouvaient se plisser quand elles étaient affectées par un mystérieux « bouleversement souterrain d'origine inconnue ».

Le saviez-vous ?

Dans le Jura, les plis affectent principalement des calcaires… jurassiques ! Leur principale caractéristique, en plus d'être très réguliers, est qu'ils conditionnent directement le relief. Ainsi, les monts correspondent à l'arrondi des anticlinaux tandis que les vaux sont les vallées au cœur des synclinaux. Quand une rivière tranche un pli perpendiculairement à son axe, elle forme une cluse. Enfin, les combes sont des dépressions au sommet des monts.

Les gneiss et les micaschistes

Les gneiss et les micaschistes sont des roches métamorphiques typiques. Les gneiss sont foliés, c'est-à-dire que les minéraux se disposent dans des plans alternativement clairs et sombres. Ils contiennent du feldspath, du quartz et du mica. Les micaschistes sont des roches feuilletées riches en mica et en quartz.

0   1,5 cm

Gneiss d'Icart Point, Guernesey
Âge : environ 2 milliards d'années

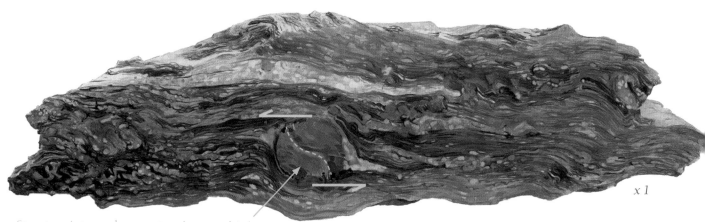

x 1

Structure interne du grenat, qui a enregistré une rotation au cours de sa croissance.

Micaschiste à grenats du Conquet (29)
Âge : environ 350 millions d'années

Où les trouve-t-on ?

Principalement dans les massifs hercyniens. En France : Massif armoricain, Massif central, Vosges cristallines, Corse méridionale, massifs cristallins des Alpes et zone centrale des Pyrénées. En Europe : massif ibérique en Espagne et au Portugal, Sardaigne en Italie, massif de Bohême en Tchéquie, massifs du Harz et de la Forêt-Noire en Allemagne. Des gneiss d'âge tertiaire sont observables dans les Cyclades en Grèce.

Un peu de science

Les micaschistes et certains gneiss résultent de la transformation de roches sédimentaires. Les autres gneiss sont issus de granites. Ces roches se forment par enfouissement dans les zones profondes des continents, lors du plissement des chaînes de montagne. L'augmentation de la température et de la pression entraîne l'apparition de nouveaux minéraux disposés en plans. À température encore plus élevée, la roche peut fondre pour donner naissance à un granite.

La petite histoire ▶

L'une des plus belles œuvres que nous a léguées l'Égypte ancienne est la statue à échelle réelle du pharaon Khephren, qui a régné il y a plus de 4 500 ans. La sculpture, découverte en 1860 à Gizeh et actuellement exposée au musée du Caire, a été taillée dans un bloc de gneiss sombre extrêmement dur, aux beaux reflets bleutés. Son visage finement ciselé est surmonté d'une coiffe au cobra. Le dieu faucon Horus protège de ses ailes déployées la nuque du souverain.

Le saviez-vous ?

Les minéraux métamorphiques se développent au cours de la transformation de la roche initiale en micaschiste ou en gneiss. Contrairement aux minéraux des roches magmatiques qui naissent dans un liquide, ceux-ci se forment dans un milieu solide. C'est le cas par exemple du grenat dans le micaschiste du Conquet, que la pression a fait tourner dans la roche au cours de sa croissance. La rotation est marquée par les structures internes en S.

Les schistes et les ardoises

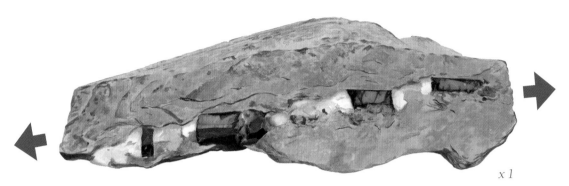

x 1

*Rostre de bélemnite fracturé par étirement,
schiste marneux de la Drôme (26)
Crétacé*

Les schistes et les ardoises sont des argilites métamorphisées, les secondes plus intensément que les premiers. Ces roches sont découpées en lames parallèles. Quand les schistes contiennent des fossiles, ceux-ci sont souvent déformés. Les ardoises peuvent montrer d'anciens lits sédimentaires.

*Traces d'anciens lits sédimentaires dans une ardoise
Ère primaire*

0   2,5 cm

Où les trouve-t-on ?

Typiquement dans les massifs hercyniens, en particulier dans les Ardennes. Cette région fait partie d'un plus vaste ensemble, le massif ardenno-schisteux rhénan, partagé entre la France, la Belgique, le Luxembourg et l'Allemagne. Dans les terrains plissés de l'ère secondaire, les schistes sont généralement marneux, c'est-à-dire argilo-calcaire.

◄ Un peu de science

Les bélemnites étaient des mollusques céphalopodes proches des pieuvres actuelles. Elles disparurent à la limite Crétacé-Tertiaire, comme les dinosaures et les ammonites. Le rostre de bélemnite, fossile très commun en forme de balle de fusil, est l'équivalent de l'extrémité d'un os de seiche. On connaît la forme de l'animal, car il existe quelques très rares cas de fossilisation des parties molles. Les rostres sont d'excellents marqueurs de la déformation tectonique.

La petite histoire ►

Plus que le marbre dur me plaît l'ardoise fine / Plus mon Loire gaulois, que le Tibre latin, écrivait Joachim du Bellay en 1558 dans son fameux sonnet *Heureux qui comme Ulysse.* Déçu de son séjour en Italie, il voulait vanter sa chère région d'Anjou en opposant deux pierres symboliques : d'un côté le marbre des monuments romains, de l'autre l'ardoise des toits angevins. Cette roche est utilisée pour couvrir les bâtiments des pays schisteux depuis le XIIe siècle.

Le saviez-vous ?

Le paléontologue américain Charles Walcott découvrit en 1909 un fabuleux gisement de fossiles dans les schistes peu déformés de Burgess, en Colombie Britannique (Canada). Des conditions exceptionnelles y ont permis la conservation de corps mous datant d'environ 510 millions d'années, époque où explosait la diversité animale. L'une des bestioles les plus surprenantes est l'opabinia, un petit nageur portant cinq yeux globuleux et une longue trompe terminée par une pince. Il n'a pas eu de descendants. Dommage ?

Les marbres

0   2,5 cm

Marbre rose du Portugal
Ère primaire

Les marbres sont des calcaires métamorphiques. Ils recristallisent à haute température pour devenir durs, généralement colorés et veinés, ce qui en fait des pierres très recherchées en architecture. Leur minéralogie très homogène fait qu'ils ne se découpent pas en plans parallèles comme les schistes et qu'ils obéissent parfaitement au ciseau du sculpteur.

Marbre de Carrare, Italie
Jurassique

0   1,5 cm

Où les trouve-t-on ?

En France, dans les Alpes et les Pyrénées. Le Portugal est l'un des principaux producteurs mondiaux de marbre. Dans les îles grecques des Cyclades, les marbres sont souvent associés aux gneiss.

PHOTO de FAMILLE de M. & Mme MARBRE

◄ Un peu de science

Le terme de marbre est souvent utilisé abusivement pour toutes les pierres de décoration. C'est ainsi qu'un beau gneiss, un granite veiné ou un calcaire dur prendra ce nom chez les « marbriers ». Les vrais marbres se reconnaissent par une cassure anguleuse typique, une texture proche de celle du sucre, l'absence de fossiles et une grande abondance de veines de couleurs variées.

La petite histoire ►

Le marbre est la pierre de l'Antiquité par excellence. D'abord en Grèce, avec les exploitations du mont Pentélique au-dessus d'Athènes et celles des îles Páros et Thássos, puis en Italie. Le célèbre marbre de Carrare, en Toscane, a été utilisé dès l'époque de Jules César (100-44 av. J.-C.) pour la construction des monuments et des maisons prestigieuses de Rome.

J'AI PEUT-ÊTRE ABUSÉ DE LA DÉCO EN MARBRE...

Le saviez-vous ?

Les dénommés Fournier et Le Normand firent paraître en 1818 une méthode originale pour conserver la viande. Une fois la chair disposée dans une jarre, on relie celle-ci par un tube à un flacon qu'on remplit de fragments de marbre et d'acide chlorhydrique. Du gaz carbonique se forme, qui chasse l'air de la jarre par un trou d'évacuation. Ceci permet d'éviter la décomposition de la viande, laquelle, d'après les auteurs, « prend un goût délicieux et se fond dans la bouche ». Qui veut essayer ?

C'EST EX-QUIS! MAIS QUEL EST LE SECRET DU CHEF!?

Les pierres qui photographient

Nous allons à présent aborder les pierres qui « photographient » un instant de l'histoire de la Terre. Qu'elles gardent la mémoire d'une vie ou qu'elles dévoilent plusieurs centaines de millions d'années plus tard, avec un luxe de détails, un événement qui n'a duré que quelques secondes, ces roches-là sont incroyables !

Les animaux fossilisés

L'empreinte du corps d'un animal rapidement recouvert de sédiments fins après sa mort constitue le type de fossiles le plus commun. Parfois, l'animal peut être intégralement conservé, avec ses couleurs, par exemple dans de l'ambre (résine d'arbre fossile).

0   3 cm

Crinoïde en position de vie (famille des oursins et des étoiles de mer)

x 1

Fragments de crinoïdes, calcaire de Saverne (67) Trias

Guêpe de l'Afrique de l'est conservée dans de l'ambre Âge : 12 millions d'années

x 3

Où les trouve-t-on ?

Toutes les roches sédimentaires plus jeunes que 542 millions d'années sont susceptibles de contenir des fossiles d'animaux. La vie existait sur Terre bien avant cette époque, mais c'était une vie sans coquilles. Dès lors, la conservation était exceptionnelle. L'ambre jaune de la Baltique, riche en insectes, est célèbre depuis l'Antiquité.

◄ Un peu de science

Après enfouissement dans de la boue ou du sable, les parties molles des animaux se décomposent. Les coquilles peuvent laisser plus facilement leur empreinte dans le sédiment, qui se transformera en pierre. Les fossiles reviendront en surface après soulèvement puis érosion des roches. Certains groupes d'animaux caractérisent une ère : les trilobites – arthropodes marins, parents éloignés des cloportes – disparaissent dès la fin de l'ère primaire, et n'espérez pas trouver une bélemnite dans un terrain d'âge tertiaire !

La petite histoire ►

Les fossiles sont connus depuis la préhistoire (on en a découvert dans une grotte de Bourgogne, récoltés par un homme de Néandertal !). Le mot fossile vient du latin *fossilis* (qu'on tire de la terre). Si les Grecs ont eu très tôt l'intuition de la véritable nature des fossiles (« Ce ne sont pas toujours les mêmes parties de la Terre qui sont sous les eaux », disait Aristote), l'Europe occidentale a longtemps cru qu'il ne s'agissait que de simples jeux de la nature ou... une conséquence du Déluge.

Le saviez-vous ?

Scotty vivait sa vie de tyrannosaure à la fin du Crétacé dans la Saskatchewan canadienne. Son squelette complet fut découvert en 1994. L'année suivante, on exhuma l'une de ses crottes, longue de 50 centimètres. L'étude de ce coprolithe – ou excrément fossile – permit de mieux connaître le régime alimentaire de Scotty. On y découvrit des fragments d'os broyés qui montraient que les tyrannosaures n'avalaient pas leurs proies tout entières, contrairement aux reptiles carnivores actuels.

Les environnements fossilisés

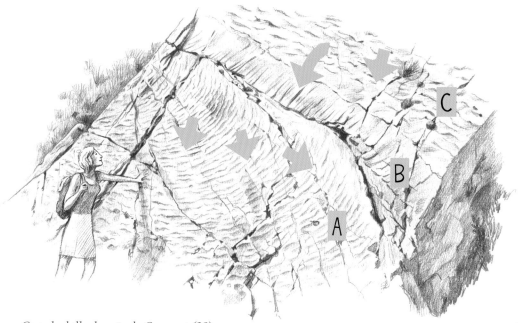

Grande dalle de grès de Camaret (29),
formée à l'horizontale
Ère primaire

Des rides de vague ou de courant sur une plage, quoi de plus commun ? Mais des rides fossiles vieilles de 470 millions d'années, ça l'est beaucoup moins ! C'est pourtant ce qui est exposé sur une grande dalle de grès visible en place à Camaret. Dans la carrière de Cerin, dans l'Ain, a été découverte une plaque de calcaire montrant l'impact d'une averse sur un sol à présent pétrifié.

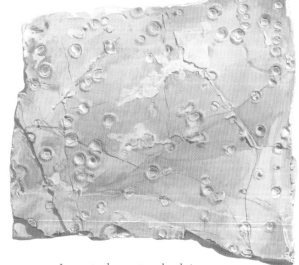

Impacts de gouttes de pluie,
carrière de Cerin, Marchamp (01)
Jurassique

0   4 cm

Où les trouve-t-on ?

Dans les roches sédimentaires, quel que soit l'âge.

La préservation dans une roche sédimentaire de structures très fragiles et fugaces comme des rides de courant, des gouttes de pluie, ou encore des traces de pas ou des pistes de vers, demande des conditions de fossilisation exceptionnelles. Il faut que le milieu soit très calme. En environnement côtier, un tapis résistant d'algues microscopiques à la surface des sédiments peut empêcher les structures de se déformer jusqu'à la reprise rapide de la sédimentation.

La petite histoire ►

L'histoire de la paléontologie regorge de fossiles énigmatiques, qui pourraient être des traces d'activités biologiques ou résulter de processus physicochimiques. Par exemple, des scientifiques ont cru un moment que les bâtonnets observés en 1996 dans une météorite martienne étaient des bactéries fossiles. Le dernier exemple en date est la découverte en 2009 au Gabon de structures plates de quelques centimètres, vieilles de plus de 2 milliards d'années. Cette fois, l'origine biologique est probable. Il s'agirait des plus anciens fossiles connus d'animaux pluricellulaires.

Le saviez-vous ?

La dalle de rides de Camaret montre 3 surfaces distinctes, mais contemporaines, donnant l'image d'un fond de mer peu profond soumis à l'effet des marées. La première surface est couverte de rides de courant A en éventail. La deuxième, très oblique, porte des sillons d'écoulement de filets d'eau B . Enfin, la troisième surface, surélevée, expose des rides de courant indiquant un mouvement d'eau vers la pente C . Cette dalle montre aussi de nombreux terriers fossilisés d'animaux fouisseurs de plage.

Les forêts fossilisées

L'un des types de fossilisation les plus spectaculaires est celui qui conduit à la conservation de forêts entières. Après enfouissement des arbres, la matière organique est peu à peu remplacée par de la silice, tandis que la forme et les structures des végétaux sont préservées. La forêt pétrifiée de Lesbos – ou Lesvos – (Grèce) est l'une des plus importantes du monde.

0   20 cm

Souche avec racines, Lesbos
Âge : 20-15 millions d'années

Fragment de pin silicifié
Crétacé du Touat, Algérie

x 1

Où les trouve-t-on ?

Les deux sites les plus célèbres sont la forêt de Lesbos – classée premier site géologique européen – et le parc national de Petrified Forest en Arizona (États-Unis). Il s'agit dans ce dernier cas d'arbres du Trias. On peut encore citer les forêts pétrifiées de Madagascar, d'Aïn-Salah dans le Sahara algérien et du Damaraland en Namibie. En France, il y a quelques rares gisements de bois silicifié dans le Bassin parisien et en Auvergne.

◄ Un peu de science

Pour former une forêt pétrifiée, il faut d'abord l'enfouir – sous des projections volcaniques à Lesbos, sous de la boue et du sable en Arizona – pour la protéger de l'air. Les feuilles et les petites branches disparaissent. Le reste de la matière organique est progressivement remplacé par la silice provenant du sédiment ou des cendres. Les plus petits détails comme l'écorce, les nervures, les nœuds ou les anneaux de croissance sont parfaitement conservés.

La petite histoire ►

En 1756, une double découverte fit sensation dans le petit village de Beuvry (62). D'abord, l'*Almanach d'Artois* signala l'extraction d'arbres entiers des tourbières de la région. Ils pouvaient servir de combustible une fois secs. La même année, on exhuma un grand morceau d'arbre silicifié dans un flanc de colline. Les habitants de Beuvry ont dû se gratter la tête, cette année-là, en trouvant coup sur coup des arbres en train de se transformer en charbon et un autre métamorphosé en pierre !

Le saviez-vous ?

Il existe des produits de traitement du bois qui utilisent le principe naturel de silicification. Une fois les cellules de surface minéralisées, le bois n'est plus reconnu par les insectes, qui passent leur chemin sans l'attaquer. Ce type de produits permet aussi de reconsolider les planches vermoulues. Il rend le bois plus résistant aux incendies et minéralise champignons et moisissures. À quand la cabane en silice au fond du jardin ?

Les pierres
qui ont de l'énergie

Les pierres qui ont de l'énergie ne sont pas toutes
de vraies pierres, mais les produits naturels solides,
liquides ou gazeux qui servent de combustible pour
les machines de notre monde moderne. Ils sont de
plus en plus rares et chers. Leur contrôle provoque
des conflits et leur pénurie des crises économiques.
On les critique car ils sont polluants et dangereux,
mais on en a besoin…

Le pétrole, l'asphalte et le gaz naturel

Le pétrole est un mélange d'hydrocarbures liquides, tandis que l'asphalte est solide. Le pétrole peut rester dans la roche où il s'est formé (roche mère) ou migrer dans une roche poreuse (réservoir) surmontée d'un toit imperméable (roche couverture). Certains schistes noirs **très riches en matière organique** auraient pu devenir des roches mères dans des conditions favorables.

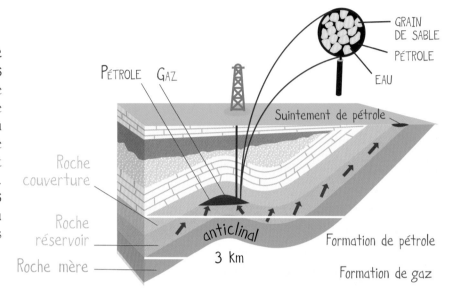

Schiste noir à graptolites de Camaret (29)
Ère primaire

0   1,5 cm

Où les trouve-t-on ?

Dans des roches sédimentaires poreuses, servant de réservoirs. Les hydrocarbures se stockent dans les espaces (pores) entre les grains d'un grès ou d'un calcaire. Les principaux producteurs mondiaux de pétrole sont la Russie, l'Arabie Saoudite (premières réserves du monde) et les États-Unis. Quant au gaz naturel, trois pays se partagent plus de 50 % des réserves mondiales : la Russie, l'Iran et le Qatar.

◄ Un peu de science

Le pétrole (ou « huile de roche ») est issu de la transformation de la matière organique, provenant surtout du plancton. Celle-ci se dégrade dans des bassins où des bactéries consomment l'oxygène et l'azote. L'évolution se poursuit lors de l'enfouissement, avec l'augmentation de la pression et de la température. Le gaz naturel se forme à des niveaux plus profonds, mais après migration il se stocke au-dessus du pétrole.

La petite histoire ►

Les Grecs ont découvert l'asphalte – que les Romains appelaient « bitume » – lors de voyages en Mésopotamie. Les peuples de cette région l'utilisaient en tant que ciment et produit de colmatage. Hérodote (vers 484-420 av. J.-C.) relate dans son *Enquête* la construction d'un mur mésopotamien où des niveaux de briques alternaient avec des couches de roseaux sur lesquelles de l'asphalte chaud était versé en guise de mortier.

Le saviez-vous ?

Le pétrole et le gaz de schiste font référence à des hydrocarbures présents de manière diffuse dans une roche mère peu poreuse. Leur exploitation est très contestée car elle est beaucoup plus polluante que celle du pétrole conventionnel. L'extraction de gaz de schiste implique l'injection en profondeur de grandes quantités d'eau sous haute pression et de produits chimiques polluants.

Les charbons

Contrairement au pétrole, les charbons ne sont pas des hydrocarbures (carbone et hydrogène), mais des carbohydrates (carbone, oxygène et hydrogène) qui tendent à s'enrichir en carbone en profondeur. Les charbons résultent de l'accumulation de végétaux terrestres, puis de leur transformation par enfouissement. La tourbe est le produit charbonneux le moins évolué, au contraire de l'anthracite, le plus riche en carbone.

x 1,5

Tourbe actuelle

x 1

Anthracite de Brassac (63)
Carbonifère

Où les trouve-t-on ?

Les premiers producteurs mondiaux de charbon (houille et anthracite) sont la Chine, les États-Unis, l'Inde, l'Australie et l'Afrique du Sud. Les principaux gisements français se trouvent dans le Nord-Pas-de-Calais (plus grand réseau de galeries souterraines du monde), en Lorraine et dans le Massif central.

◄ Un peu de science

Un enfouissement rapide permet d'isoler les végétaux de l'air, d'augmenter la température et de libérer l'oxygène, l'hydrogène et l'azote. En fonction de la profondeur – et donc de l'enrichissement en carbone –, on obtient successivement : de la tourbe (matière végétale peu évoluée), du lignite (végétaux encore reconnaissables), de la houille (noire et mate, tache les doigts) et de l'anthracite (noir et brillant, ne tache pas).

La petite histoire ►

Il existe des méthodes pour liquéfier le charbon et en faire du carburant. L'Allemagne de la Seconde Guerre mondiale utilisa ces procédés à grande échelle pour contrer le blocus imposé par les alliés sur l'approvisionnement en pétrole. À un moment de l'histoire du IIIᵉ Reich, la quasi-totalité des avions de la *Luftwaffe* – armée de l'air allemande – volait grâce au charbon de la Ruhr ! L'Afrique du Sud, soumise à un embargo lié au régime d'apartheid, fit de même vers 1960.

Le saviez-vous ?

Les principaux gisements de houille datent d'une période de l'ère primaire appelée Carbonifère (355-295 millions d'années), époque des premiers grands arbres : fougères, prêles et conifères géants. Les bactéries et les champignons n'étant pas encore capables de décomposer une telle quantité de végétaux, ceux-ci se sont accumulés. Le stockage de tout ce carbone par enfouissement a permis l'enrichissement de l'atmosphère en oxygène, ce qui aurait favorisé l'apparition d'insectes de taille monstrueuse.

Les pierres qui ont de l'énergie

Les gisements d'uranium

La radioactivité est un phénomène physique naturel au cours duquel des noyaux atomiques se transforment en émettant de l'énergie sous forme de rayonnements. L'uranium est un élément chimique naturellement radioactif, dont une variété peut subir une réaction nucléaire artificielle sous l'effet d'un bombardement de neutrons. Cela produit beaucoup d'énergie. Dans la nature, le dioxyde d'uranium se rencontre sous la forme de concrétions de pechblende, dont la forme cristallisée se nomme uraninite.

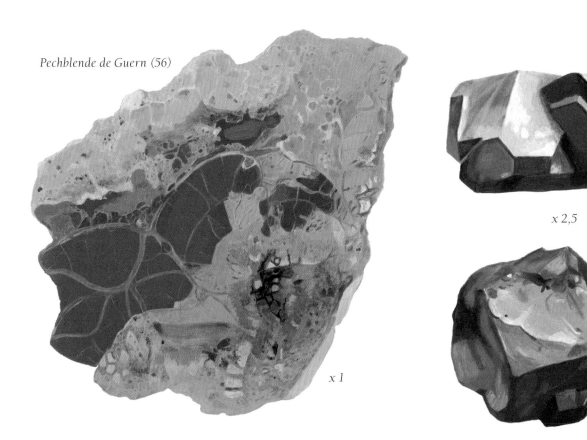

Pechblende de Guern (56)

x 2,5

x 1

Uraninite d'Ostfold, Norvège

Où les trouve-t-on ?

Les gisements d'uranium sont généralement associés à des granites. Les premiers producteurs d'uranium sont le Canada, l'Australie et le Kazakhstan. En France, les principaux gisements se trouvent dans le Massif central, le Massif armoricain et les Vosges, mais il n'y a plus d'exploitation depuis 2001.

Un peu de science ◄

La désintégration radioactive de l'uranium, du thorium et du potassium du manteau terrestre produit l'essentiel de la chaleur interne du globe. Cela conduit à une augmentation de température moyenne de 3 degrés tous les 100 mètres de profondeur. Cette énergie interne est évacuée par la tectonique des plaques et le volcanisme, processus qui ont permis le dégazage du manteau et la formation de notre atmosphère.

La petite histoire ►

Henri Becquerel découvrit la radioactivité naturelle par accident en 1896, en impressionnant une plaque photographique à l'aide d'un matériau riche en uranium. Il partagea en 1903 le prix Nobel de physique avec Pierre et Marie Curie. Les travaux de ce célèbre couple sur la pechblende débouchèrent sur la découverte de deux nouveaux éléments, le polonium et le radium, dans un laboratoire qui, d'après le chimiste allemand Ostwald, « tenait à la fois de l'étable et du hangar à pommes de terre ».

Le saviez-vous ?

La radioactivité est très dangereuse mais, contrôlée, elle permet de soigner des maladies. La radiothérapie permet ainsi de traiter les cancers. Dans les années 1920 à 1930, on pensait que la radioactivité ne pouvait être que bénéfique. On conseillait des cures de bains radioactifs pour soigner à peu près tout. Le port d'amulettes « tonifiantes » de radium, l'application des crèmes de beauté *Tho-Radia* ou l'usage de dentifrice au thorium furent la cause de nombreux décès.

Les pierres qui brillent

Les pierres qui brillent sont celles que l'on nomme précieuses ou semi-précieuses. Ce sont de *Very Important Pierres*, qui pourtant appartiennent souvent à des familles de minéraux communs. Elles sont rares, elles sont belles, parfois un peu hautaines dans leur robe du soir en cabochon.

Le diamant

Le diamant a une formule chimique des plus simples : C ! C'est en effet du carbone pur formé à très haute pression dans les profondeurs du globe. Le diamant brut se présente sous différentes formes : bipyramidale ou cubique et maclée.

x 12

Diamant bipyramidal

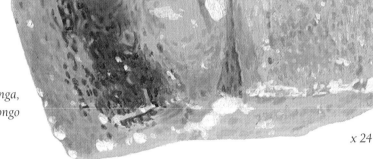

*Diamant maclé de Katanga,
République Démocratique du Congo*

x 24

Où le trouve-t-on ?

Plus de 70 % de la production mondiale est assurée par les quatre pays suivants : Russie, Botswana, Australie et République Démocratique du Congo. Jusqu'au XVIe siècle, l'Inde et Bornéo étaient les seules zones de production. Les gisements du Brésil furent ensuite découverts, puis ceux d'Afrique du Sud au XIXe siècle.

◄ Un peu de science

Les diamants se forment dans le manteau, sous de très épaisses croûtes continentales précambriennes, les cratons. Ils sont remontés par un volcanisme particulier qui donne naissance à des roches qu'on appelle kimberlites. Elles affleurent dans des cheminées volcaniques d'explosion qui s'enracinent à des profondeurs de plusieurs kilomètres. Les diamants sont des minéraux de ces roches.

La petite histoire ►

Le *Cullinan*, trouvé en 1905 dans le Transvaal (Afrique du Sud), est le plus grand diamant brut jamais découvert. Fragment d'une pierre plus grosse, il pesait tout de même 621 grammes – 3 106 carats – et mesurait 10 centimètres sur 6. On y a taillé 105 pierres dont la plus importante fait 530 carats. Les quatre plus gros joyaux du *Cullinan* ornent le sceptre et les couronnes royales d'Angleterre.

Le saviez-vous ?

Le diamant est le minéral le plus dur du monde : le diamant raye tout et ne peut être rayé que par lui-même. Les diamants sont polis par leur propre poussière. Pour fendre en deux un gros diamant brut, tel le *Cullinan*, on frappe brutalement sur un couteau à l'aide d'une masse. Mais attention ! un coup sec donné au mauvais endroit peut faire exploser la pierre, ce qui lui ôte une grande partie de sa valeur !

Le saphir et le rubis

x 8

Saphirs du Pallet (44)

Saphir et rubis sont cousins. Ce sont deux variétés d'un même minéral, le corindon, un oxyde d'aluminium particulièrement dur puisqu'il peut tout rayer, sauf le diamant. Ils ne diffèrent que par la couleur : l'un est bleu comme le ciel, l'autre rougeoie comme la braise.

x 6

Rubis de Madagascar

Où les trouve-t-on ?

Les plus beaux rubis et saphirs proviennent du Sri Lanka, de Birmanie (Myanmar) et de Thaïlande.

JEAN-MICHEL CORINDON NOUS PRÉSENTE SES FILLES JUMELLES.

VOICI RUBIS

ET SAPHIR

◄ Un peu de science

Le corindon se forme dans des roches magmatiques ou métamorphiques où il existe un excédent d'aluminium. Seul un léger contraste chimique donne des couleurs différentes au rubis et au saphir. Le rouge du rubis est dû à la présence de traces de chrome tandis que du fer et du titane offrent au saphir sa belle couleur bleue. Le saphir brut n'est pas toujours entièrement coloré, il peut présenter des zones transparentes.

La petite histoire ►

Rémy Belleau (1528-1577), un poète membre de la Pléiade, a publié un an avant sa mort un recueil de poésies intitulé *Les Amours et nouveaux échanges des pierres précieuses*, où il est question des propriétés des pierres et de leur symbolique. Extrait du Saphir : *Pierre qui du ciel serein / Emprunte la couleur belle.* Extrait du Rubis : *Dans le feu cette pierre fine / Languit et perd son lustre beau : / Mais aussitôt elle s'affine / Et reprend son teint dedans l'eau.*

Ce baisemain devient un peu insistant, M. Belleau...

~ NON ?

Le saviez-vous ?

L'éclat chatoyant des saphirs et des rubis est dû à la présence dans leur structure de minuscules inclusions de rutile (dioxyde de titane). Disposées suivant une certaine géométrie, les aiguilles de rutile provoquent par interférence avec les rayons lumineux un saisissant effet d'étoile à 4, 6 ou 12 branches à la surface des corindons : l'astérisme. Les pierres présentant ce phénomène sont taillées en cabochon – c'est-à-dire en dôme poli – pour mettre l'étoile en valeur.

ON PEUT ÊTRE JOAILLIER ET AVOIR DE L'HUMOUR

Les béryls

x 4

Émeraude de Muzo, Colombie

Le béryl est un silicate d'aluminium et de béryllium, dont les formes nobles sont l'émeraude et l'aigue-marine. Les cristaux de béryl commun peuvent atteindre des longueurs de plusieurs mètres.

x 1

Béryl de Madagascar

Où les trouve-t-on ?

Les gisements de béryl sont nombreux : États-Unis, sud de l'Afrique, Allemagne, Cornouailles anglaise et Limousin (France). Des cristaux gigantesques ont été exploités à Madagascar. Beaucoup d'émeraudes proviennent de Colombie (55 % du marché mondial) et du Brésil. La plus grosse émeraude du monde (2,2 kilogrammes) a été découverte en 1999 dans une mine colombienne. Elle porte le nom indien de Fura.

Un peu de science

◄ Un peu de science

Le béryl commun se forme typiquement dans des roches à grands cristaux que l'on trouve autour des granites : les pegmatites. On rencontre aussi ce minéral dans les gisements hydrothermaux qui résultent de circulations d'eau chaude dans des fractures. La taille gigantesque de certains cristaux est due à des conditions particulières de cristallisation en présence d'eau. Les gemmes d'émeraude apparaissent généralement sur des parois de cavités.

Quatre petites histoires ►

L'empereur Néron observait les jeux du cirque à travers une émeraude taillée en forme de loupe. – Autrefois, on plantait les émeraudes en terre, pensant qu'elles poussaient comme des champignons. – L'émeraude avait la réputation de changer de couleur lorsqu'une femme trahissait son mari qui la lui avait offerte. – *En poudre, elle guérit les morsures / Des serpents et toutes piqûres* (Rémy Belleau).

Le saviez-vous ?

Épouvanté par les guerres qui ravageaient le XVIe siècle, Rémy Belleau appelait le béryl à l'aide : *Béryl, je te supplie, si telle est ta puissance, / Chasse notre ennemi hors les bornes de France, / Trop le peuple françois a senti les efforts / De son bras enivré du sang de tant de morts.* – Outre l'émeraude, trois autres béryls sont utilisés en joaillerie : un béryl bleu-vert, l'aigue-marine ; un jaune, l'héliodore ; et un rose, la morganite.

Les pierres semi-précieuses

Semi-précieuses parce qu'à demi précieuses ? Ou plus tout à fait à la mode ? Ou belles sans être rares ? Allez savoir ! Voici deux exemples de pierres communes dont les plus brillantes variétés ont longtemps été recherchées avant d'être un peu négligées : le péridot, variété gemme de l'olivine, et l'escarboucle, un grenat très prisé au Moyen Âge.

x 1,5

Péridotite (fragment du manteau terrestre enclavé dans un basalte) à olivines – minéral de couleur vert clair – et pyroxènes, Ardèche

x 2

Grenats de Saint-Marcel, val d'Aoste (Italie)

Où les trouve-t-on ?

Les plus importants gisements de péridots actuels sont au Pakistan et en Arizona (États-Unis), dans la réserve apache de San Carlos.
Les principaux producteurs de grenat gemme sont le Sri Lanka, le Brésil et Madagascar.

◄ Un peu de science

L'olivine est un silicate de fer et de magnésium. C'est le principal minéral du manteau supérieur, qu'on trouve aussi dans les basaltes. La couleur vert olive de l'olivine est due à sa composition chimique fondamentale et non à des impuretés. Le grenat est un silicate caractéristique de plusieurs types de roches métamorphiques. Il en existe de différentes compositions et couleurs.

La petite histoire ►

Le grenat est un minéral connu depuis l'Antiquité. Le grec Théophraste (372-288 av. J.-C.) le nommait anthrax (charbon ardent), une désignation reprise par Pline l'Ancien dans son *Histoire naturelle*, qui décrivit la variété rouge sous le nom de *carbunculus* (petit charbon). Le terme escarboucle vient de là. C'était la pierre reine du Moyen Âge. On dit que les dragons portaient une escarboucle au milieu du front afin de mieux voir dans l'obscurité de leur caverne.

Le saviez-vous ?

Le péridot est intimement lié à l'histoire de l'Égypte ancienne. On le trouve enchâssé dans les sarcophages. D'après certains historiens, les fameuses émeraudes de Cléopâtre, mentionnées dans sa légende mais jamais retrouvées, auraient été en réalité des péridots. Le principal gisement de cette pierre dans l'Antiquité était l'île égyptienne de Zabargad en mer Rouge, connue aussi sous le nom de Saint John's. Le péridot y a été exploité pendant plus de 3 500 ans.

1

Les pierres qui osent

Certaines pierres, qui n'ont pas le brillant des précieuses, ne manquent pourtant pas d'ambition ! Alors elles mettent en valeur autre chose. Elles se parent de leur plus séduisante transparence, se montrent dans leurs plus beaux atours ou dessinent d'étonnantes formes géométriques. Il y en a même qui deviennent carrément méchantes !

Les beaux cristaux

Quartz

x 1,5

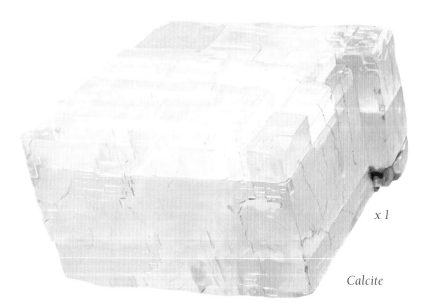

x 1

Calcite

Belle forme, belle transparence, voici pourtant des cristaux de minéraux parmi les plus faciles à trouver ! Le quartz a une composition de silice pure. C'est l'un des minéraux les plus abondants de la croûte terrestre. La calcite est un carbonate de calcium, constituant fondamental des calcaires. C'est dire s'il est commun lui aussi !

Où les trouve-t-on ?

On trouve du quartz dans la plupart des roches (sauf les calcaires), mais les beaux cristaux allongés ne poussent que dans des fractures ou des cavités superficielles.

Outre les calcaires, la calcite est le minéral essentiel des marbres et d'une lave particulière que l'on nomme carbonatite (Kaiserstuhl en Allemagne et Ol Doinyo Lengaï en Tanzanie).

◄ Un peu de science

Des traces de fer peuvent colorer le quartz en violet (améthyste). Des inclusions d'amiante donnent à la variété « Œil de tigre » des reflets chatoyants. Quant au quartz fumé, il est assombri par des éléments radioactifs. D'autres minéraux que le quartz ont une composition de silice, comme l'opale, une forme hydratée qui montre parfois d'étonnants jeux de couleurs, ou la coésite, une espèce de très haute pression se formant lors d'impacts météoritiques ou d'explosions nucléaires.

La petite histoire ►

L'abbé René Haüy (1743-1822) est le père de la science des cristaux : la cristallographie. L'histoire débute en 1781, par la chute accidentelle d'un bloc de calcite qu'examinait le religieux. Il remarqua que le cristal se disloquait en de petits rhomboèdres rigoureusement identiques, lesquels en se brisant donnaient naissance à des rhomboèdres encore plus minuscules. C'est ainsi qu'Haüy découvrit le principe de l'unité géométrique élémentaire des cristaux.

Le saviez-vous ?

Le quartz présente une propriété singulière qui en fait l'un des éléments essentiels de l'horlogerie moderne : la piézo-électricité. Le cristal de quartz se déforme lorsqu'on lui applique un champ électrique. Dans les montres, le quartz oscille à une fréquence fixe lorsqu'il est stimulé électriquement. Cette fréquence permet de calibrer l'écoulement du temps avec une marge d'erreur de 1 seconde par 6 années.

Les minéraux maclés

Les macles sont des associations de cristaux identiques, qui s'assemblent pour former des minéraux à géométrie particulière. C'est ainsi que la staurotide – silicate métamorphique d'aluminium et de fer – peut former des croix avec des branches à 90° (croisette de Bretagne) ou à 60° (croix de Saint-André). Les minéraux de pyrite – sulfure de fer – peuvent se présenter sous la forme d'un assemblage de cristaux cubiques dorés.

x 2,5

Pyrite

x 2,5

Staurotides de la région de Coray (29)

Où les trouve-t-on ?

De beaux exemplaires de staurotide en croix ont été découverts dans la presqu'île de Kola (Russie), à Madagascar, aux États-Unis et dans la région de Coray en Bretagne.
Parmi les principaux gisements européens de pyrite, citons Rio Tinto en Espagne et l'île d'Elbe en Italie, un site à cristaux exceptionnels.

◄ Un peu de science

L'association des cristaux dans une macle obéit à des lois géométriques précises, liées à la structure cristalline du minéral. Les individus s'assemblent par accolement selon une face (par exemple : gypse en fer de lance) ou par interpénétration (par exemple : diamant, staurotide ou pyrite). Une macle simple n'implique que deux cristaux (gypse en fer de lance, diamant, staurotide), tandis qu'une macle multiple en inclut plusieurs (pyrite).

La petite histoire ►

De multiples légendes sont associées aux staurotides en forme de croix. En Bretagne, on dit que Dieu a fait pleuvoir ces pierres autour de Coray pour éteindre un incendie de chapelle allumé par le diable. Il montrait ainsi qu'il considérait cette terre comme sacrée. Pour les indiens Cherokee, les staurotides maclées seraient des larmes versées par des lutins chrétiens. La célèbre princesse indienne Pocahontas en aurait donné une à son amant John Smith en guise de porte-bonheur.

Le saviez-vous ?

La pyrite se rencontre en contexte magmatique, sédimentaire ou hydrothermal. C'est le plus abondant des minerais. Outre son exploitation pour le fer et le soufre, on l'utilise aussi pour fabriquer de l'acide sulfurique. Lors de la ruée vers l'or en Californie au milieu du XIXᵉ siècle, la pyrite, avec ses reflets métalliques jaunes, a troublé beaucoup d'apprentis prospecteurs qui l'ont confondue avec le précieux métal de leurs rêves. Depuis cette époque, ce minéral est surnommé l'or des fous.

Les minéraux dangereux

Voici deux pierres qui ont voulu se faire connaître en rendant service. Mais ça ne s'est pas toujours très bien passé. D'abord, l'amiante (ou asbeste). C'est un terme générique pour désigner des minéraux fibreux très résistants au feu. Ensuite l'arsénopyrite (ou mispickel), un sulfure de fer et d'arsenic, qui constitue le principal minerai de cet élément.

x 1

Asbeste chrysotile de l'Alentejo, Portugal

x 5

Arsénopyrite de Martigné-Ferchaud (35)

Où les trouve-t-on ?

Les principales mines d'amiante blanc (chrysotile) – le plus utilisé – se trouvent en Chine, en Russie (Oural) et au Canada.

L'arsénopyrite a des gisements comparables aux autres sulfures métalliques, essentiellement les filons hydrothermaux. Elle est ou a été exploitée au Portugal, au Kosovo et en France dans les mines de Salsigne (11).

◄ Un peu de science

L'amiante est un terme d'usage pour désigner plusieurs types de minéraux. Il est le meilleur des isolants thermiques. Il résiste à la traction, ainsi qu'à l'action de la plupart des produits chimiques corrosifs. Tissé, il peut servir à la fabrication de vêtements ininflammables. L'usage de l'amiante est actuellement interdit – ou très restreint – dans les pays industrialisés.

La petite histoire ►

Les fibres d'amiante, si utiles dans l'industrie, ont la fâcheuse tendance à se fragmenter en particules microscopiques. Une fois logées dans les alvéoles pulmonaires et la plèvre, ces microfibres peuvent causer de graves maladies. Le XXe siècle a fait un usage intensif de l'amiante. On ne pouvait pourtant pas dire que les risques n'étaient pas connus puisque Pline l'Ancien (encore lui !) avait déjà signalé au Ier siècle les dommages aux poumons dont souffraient les esclaves qui travaillaient l'amiante.

Le saviez-vous ?

L'arsenic est utilisé depuis l'Antiquité sous des formes diverses pour traiter la syphilis, ainsi que des maladies de la peau et du sang. On le trouve dans les insecticides, dans les produits de traitement du bois et il peut même entrer dans la composition du verre. Lié à de l'oxygène, l'arsenic devient un poison d'autant plus efficace qu'il est dépourvu de goût, comme le montre la célèbre pièce de théâtre américaine de Joseph Kesselring *Arsenic et vieilles dentelles* (1941).

Les pierres qui surprennent

Les pierres qui surprennent ont des caractéristiques hors du commun. Elles sont plus vieilles ou plus grosses que les autres, elles viennent de plus loin ou résultent d'un événement exceptionnel. Souvent discrètes, parfois prétentieuses, toujours originales, ce sont des anticonformistes.

Les pierres qui surprennent

Les plus vieilles roches

Au début de sa longue histoire, le manteau terrestre était bien plus chaud qu'actuellement. De ce fait, il y a plus de 2 milliards d'années, les volcans produisaient des laves beaucoup plus riches en magnésium – et donc en olivine – que les basaltes actuels : les komatiites. Les roches les plus anciennes de France sont des gneiss du Massif armoricain.

x 1,5

Komatiite à grandes aiguilles
d'olivine, Canada
Âge : environ 2,7 milliards d'années

x 1

Gneiss à grands cristaux de feldspath potassique, Pleubian (22)
Âge : environ 2 milliards d'années

Où les trouve-t-on ?

Au cœur des continents (en Afrique, au Canada, en Australie, au Groenland, entre la Finlande et la Russie, en Ukraine), dans des zones qui n'ont pas été déformées depuis parfois des milliards d'années : les cratons. Au nord-est du Massif armoricain, en France et dans les îles anglo-normandes, un petit craton précambrien inclut des noyaux de gneiss de 2 milliards d'années (Trégor, Cotentin, Guernesey).

Un peu de science

La Terre s'est formée il y a environ 4,55 milliards d'années. Les plus vieux minéraux datés sont des zircons australiens de 4,36 milliards d'années. La plus vieille roche terrestre serait un dépôt volcanique du Québec de 4,28 milliards d'années. La vie est apparue dans les mers vers 3,8 milliards d'années (traces chimiques) et sur les continents vers 1 milliard d'années (microflore fossile d'Écosse). Les plus vieilles roches d'Europe occidentale sont des gneiss du nord-ouest de l'Écosse (3 milliards d'années).

La petite histoire ▶

L'archevêque anglais James Ussher (1581-1656) proposa de situer le premier jour de la Création le dimanche 23 octobre 4004 av. J.-C. Le physicien anglais lord Kelvin (1824-1907) donna pour la Terre un âge de 24 millions d'années, estimation qui tint jusqu'à la Seconde Guerre mondiale. Il fallut attendre la découverte de la radioactivité par Henri Becquerel en 1896 pour pouvoir mesurer les âges des roches magmatiques, grâce à leur « horloge » radioactive naturelle.

Le saviez-vous ?

Il y a sur Terre des roches plus anciennes que 4,28 milliards d'années, mais elles sont extraterrestres : ce sont les météorites. La plupart d'entre elles sont des fragments d'astéroïdes, mais certaines proviennent de la Lune ou de Mars. Le plus vieil objet qui ait jamais été étudié est une météorite découverte en 2004 dans le Sahara marocain. Des inclusions ont livré un âge de 4,57 milliards d'années, ce qui correspondrait à celui du système solaire.

Les pierres qui surprennent

Les météorites et les impactites

La plupart des météorites qui tombent sur la Terre sont petites et discrètes. Elles se consument partiellement lors de la traversée de l'atmosphère. Mais lorsqu'elles sont plus importantes, elles peuvent causer des dégâts considérables. Les impactites sont des roches terrestres broyées ou fondues à la suite d'un impact météoritique de grande ampleur.

x 3

Fragment de la météorite tombée à Tataouine (Tunisie) le 27 juin 1931, en provenance de l'astéroïde Vesta

0   1,5 cm

Impactite de Rochechouart (87), roche bulleuse, ancien gneiss qui a subi une importante fusion
Âge : 201 millions d'années

Où les trouve-t-on ?

Les météorites peuvent tomber n'importe où. La majorité d'entre elles ont été découvertes en Antarctique, où elles sont faciles à repérer sur la glace et parfois concentrées par les mouvements des glaciers.

◄ Un peu de science

Dans la nuit du 27 juin 1931, une grande lueur raya le ciel de Tataouine en Tunisie. Elle fut suivie d'une détonation. Une météorite venait de s'écraser. Un millier de petits morceaux furent récoltés dans un rayon de 500 mètres, pour une masse totale d'une douzaine de kilogrammes. Le plus gros se trouve au Muséum d'histoire naturelle de Paris. Il a été montré que la météorite est un fragment de Vesta, un astéroïde de 530 kilomètres de diamètre balafré par un cratère presque aussi grand que lui.

La petite histoire ►

Les thermes gallo-romains de Chassenon (16), près de Rochechouart, sont remarquablement bien conservés. Ils ont été en service du Ier au IVe siècle. Enfouis sous des mètres de terre, ils furent exhumés en 1958. Il s'agit d'une construction sur deux niveaux dont on peut admirer les murs de 5 mètres de haut, parfois décorés, les aqueducs souterrains et les dallages du sol. Ces thermes présentent la caractéristique unique d'avoir été bâtis en impactites (ou brèches d'impact).

Le saviez-vous ?

Les roches de la région de Rochechouart résultent de la chute d'une météorite géante d'environ 1,5 kilomètre de diamètre à la limite Trias-Jurassique. Le nom « Rochechouart » pourrait suggérer une étymologie du type : « la roche tombée », ce qui est bien sûr impossible puisque les impactites n'ont été comprises qu'en 1967. Le nom de la ville a été forgé au Moyen Âge à partir de *Roca*, qui désigne un rocher, et de *Cavardus*, un seigneur local. Drôle de coïncidence, tout de même !

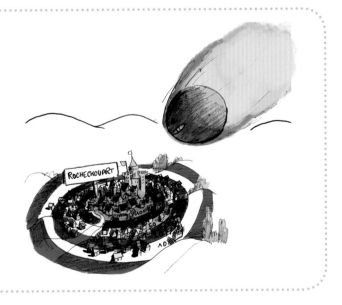

Les pierres qui surprennent

Les cristaux géants

Nous avons déjà vu que certains cristaux comme le béryl pouvaient atteindre une taille considérable. Un autre minéral connu pour le gigantisme de ses cristaux est une belle variété verte de feldspath potassique : l'amazonite. Mais les plus grands cristaux jamais découverts sont les gypses de la grotte de Naica : on peut y observer des spécimens de plus de 10 mètres de long pour une masse d'une trentaine de tonnes !

0   2,5 cm

Amazonite de 3,3 kilogrammes, Madagascar

Grotte de Naica

Où les trouve-t-on ?

Le Brésil et Madagascar sont les paradis des grands minéraux, ainsi que l'Oural, connu en particulier pour ses béryls et ses quartz géants.

La grotte de Naica se situe au Mexique, dans la province de Chihuahua.

Un peu de science

Les beaux cristaux de grande taille se forment dans des cavités rocheuses en sous-sol : les géodes. Ils apparaissent en présence de fluides de haute température ou d'eau thermale. Les cristaux poussent de la paroi vers le centre des cavités. Le fait qu'ils se développent sans contrainte dans un espace libre leur permet d'avoir des formes géométriques pures et d'atteindre une taille gigantesque lorsque le refroidissement est lent.

La petite histoire ▶

L'améthyste est un quartz violet semi-précieux, fréquent dans les géodes. Son nom signifie « non ivre » en grec. Le dieu du vin Bacchus aurait le premier formé une améthyste en versant des larmes pourpres sur un cristal de quartz – qui, en fait, était une jeune fille transformée en pierre. La capitale mondiale de l'améthyste est la ville brésilienne d'Ametista do Sul. Les murs de son église sont tapissés de grands cristaux et les enfants sont baptisés dans une demi-géode.

Le saviez-vous ?

La grotte de Naica a été découverte en 1999 à 300 mètres sous terre, à la suite de travaux miniers (extraction de plomb, de zinc et d'argent). Il y règne une température de l'ordre de 50 °C et le taux d'humidité dépasse 90 %. Sans équipement, un homme ne pourrait pas y survivre plus de 10 minutes. La cavité était initialement remplie d'eau chaude, qui a été pompée. Le plus grand cristal de gypse observé dans la grotte a une longueur de 11,4 mètres et un diamètre de 1,2 mètre.

Échelle des temps géologiques

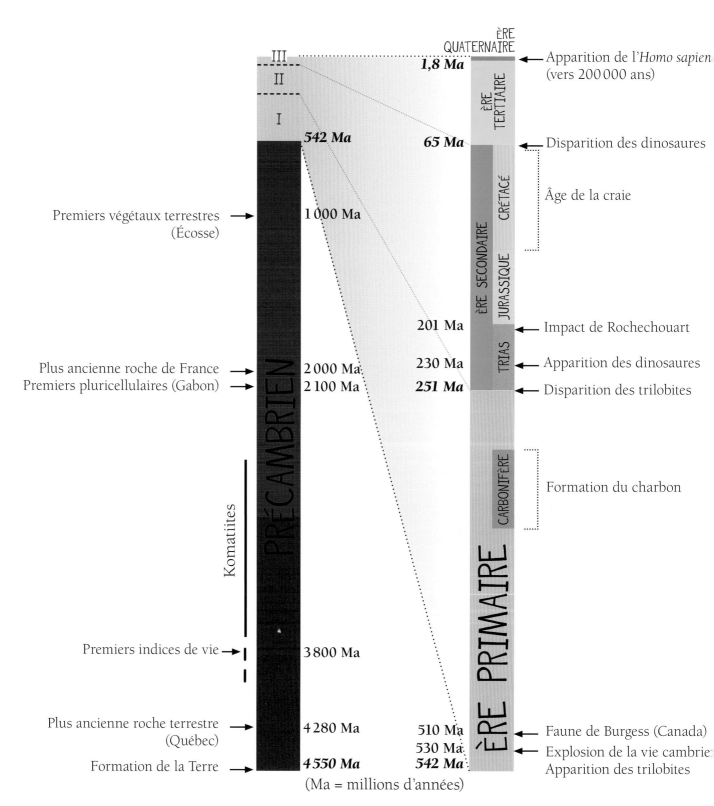

ÈRE QUATERNAIRE

III

II

I

542 Ma

Premiers végétaux terrestres (Écosse)

1 000 Ma

Plus ancienne roche de France

2 000 Ma

Premiers pluricellulaires (Gabon)

2 100 Ma

Komatiites

PRÉCAMBRIEN

Premiers indices de vie

3 800 Ma

Plus ancienne roche terrestre (Québec)

4 280 Ma

Formation de la Terre

4 550 Ma

1,8 Ma

Apparition de l'*Homo sapiens* (vers 200 000 ans)

ÈRE TERTIAIRE

65 Ma

Disparition des dinosaures

CRÉTACÉ

Âge de la craie

ÈRE SECONDAIRE

JURASSIQUE

201 Ma

Impact de Rochechouart

TRIAS

230 Ma

Apparition des dinosaures

251 Ma

Disparition des trilobites

CARBONIFÈRE

Formation du charbon

ÈRE PRIMAIRE

510 Ma

Faune de Burgess (Canada)

530 Ma

Explosion de la vie cambrienne

542 Ma

Apparition des trilobites

(Ma = millions d'années)

Glossaire

Alpes (n.f.p.) : chaîne de montagnes de l'ère tertiaire.

Concrétion (n.f.) : épaississement par accumulation de matière autour d'un noyau ou sur une surface.

Craton (n.m.) : domaine continental stable où les roches, déformées au Précambrien, n'ont pas été affectées par des plissements plus récents (hercyniens ou alpins).

Cristal (n.m.) : solide dont les atomes sont rangés de manière régulière.

Ère (n.f.) : grande division des temps géologiques.

Érosion (n.f.) : enlèvement par les cours d'eau, le vent ou la mer des débris de roches désagrégées à la suite d'une altération chimique. L'érosion conduit à une réduction de tout ou partie des reliefs.

Filon (n.m.) : roche remplissant un espace entre les parois d'une fracture.

Gemme (n.f.) : pierre précieuse. Le sel gemme est la variété minière du sel.

Graptolites (n.m.p.) : groupe zoologique composé d'animaux marins disparus depuis 330 millions d'années.

Hercynien (adj.) : qualifie une chaîne de montagnes de la seconde partie de l'ère primaire.

Hydrothermal (adj.) : se rapporte à des circulations d'eaux chaudes dans des fractures, en relation avec un événement magmatique. Les eaux hydrothermales peuvent déposer des minéraux dans les fractures pour former des filons.

Lave (n.f.) : magma s'écoulant d'un volcan (lave fluide) ou formant une aiguille (lave visqueuse).

Minerai (n.m.) : roche contenant des substances chimiques utiles, généralement métalliques, en quantité suffisante pour justifier une exploitation.

Minéral (n.m.) : espèce chimique naturelle, se présentant généralement sous forme de cristal. Un minéral maclé est une association de plusieurs cristaux de même nature.

Roche (n.f.) : matériau du manteau supérieur ou de la croûte terrestre, ordinairement solide, parfois liquide ou gazeux. Une roche est en général formée d'un assemblage de minéraux.

Silice (n.f.) : dioxyde de silicium, composition du quartz et du silex.

Tectonique (n.f. ou adj.) : ensemble des déformations affectant des terrains géologiques après leur naissance.

Index

Sources des illustrations

P. 12 (1), 14 (1), 18 (3), 22, 24, 26 (3), 28 (1), 32 (1), 34 (2), 36, 38 (2), 52, 60 (1), 62 (1) donation Bernicot, 64 (1), 64 (2) donation Bernicot, 68, 70, 72, 76 (1), 80 (1) donation Bernicot : collection du Département des Sciences de la Terre, Université de Brest.

P. 16 (2), 34 (1), 42 (1), 50 (2), 76 (2), 78 (2) : collection de l'auteur.

P. 14 (2) : photographie Olivier Grunewald (Mérapi) ; p. 16 (1) : d'après une peinture de Pietro Fabris in Supplément au Campi Phlegraei, William Hamilton, Naples (1779) ; p. 18 (1) : photographie Alain Coutelle ; p. 18 (2) : d'après Bernadette Coléno in Géotourisme en Finistère, Max Jonin, Biotope & SGMB (2010) ; p. 26 (2) : photographie http://cgdc3.igmors.u-psud.fr/microbiologie/partie1/chap3_45_hacrobia_fichiers/image006.gif ; p. 28 (2) : photographie Joanna K. Edelman ; p. 32 (2) : photographie René-Pierre Bolan in Géodiversité en Bretagne, Max Jonin, SGMB & Région Bretagne p. 85 (2008) ; p. 38 (1) : photographie Catherine Auguste ; p. 42 (2) : d'après F.A. Bather, The Echinodermata in Treatise in Zoology III, Lankaster Editor (1900) ; p. 42 (3) collection et photographie Eric Geirnaert (http://ambre.jaune.free.fr/) ; p. 44 (1) : photographie http://beta.geodiversite.net/media206 ; p. 44 (2) : collection et photographie Jacques Gastineau Ð échantillon exposé au musée de la mine de Saint-Pierre-la-Palud (69) (http://planet-terre.ens-lyon.fr/planetterre/objets/img_sem/XML/db/planetterre/metadata/LOM-Img284-2009-09-14.xml) ; p. 45 (2) : photographie CNRS Photothèque /Kaksonen ; p. 46 (2) : collection Alain Coutelle ; p. 50 (1) : d'après un document IFP ; p. 53 (1) : www.ggl.laval.ca ; p. 54 (1), 62 (2) : photographies G. Aubert, C. Guillemin, R. Pierrot, Masson (1978) ; p. 54 (2), 58 (1) : photographies Jeffrey Scovil (http://www.mineral-hub.net/photo-mineraux.html) ; p. 58 (2), 60 (2) : photographies W.L. Roberts, G.R. Rapp Jr., J. Weber, Van Nostrand Reinhold Company (1974) ; p. 78 (1) : collection Jean-Alix Barrat ; p. 80 (2) : photographie http://www.naica.com.mx/english/index.htm.

Les photographies de quelques-uns des échantillons dessinés sont visibles sur : http://martial-caroff.e-monsite.com.

L'auteur remercie Paola Grieco, à l'origine du projet, ainsi que Eric Geirnaert, Jacques Gastineau, Pascal Tieffenbach, Alain Coutelle, Bernard Le Lann, Jean-Alix Barrat et Alain Le Hérissé pour leur aide.